詩集 モカの香り

今井清博

澪標

詩集　モカの香り　目次

I

II

III

I

今はない

垣根の続く山茶花の道に
友達がいた
いっしょに歩くと
霜焼け　あかぎれ
赤いほっぺた
木枯らしの置き土産

なんて

今はもう
垣根も山茶花もない
どこへ消えたのか
煙に包まれて
空へ昇ったきり

むかし
落ち葉焚きで
地球にお灸をすえて
煙で月をいぶしたな
あの

むじゃきな遊びは
能登の町から消えて
今はない

風の子　風の子
飛べ　飛べ　飛んで
歌声が
ひらひら　ひらひら
降ってくる

ふるぐつホテル

秋の野に
革靴が捨てられて
雨風に　さらされ
ボロボロ
ぺんぺん草や　カヤツリ草
それでも
巣穴
古靴ホテル

蟲たちの音楽堂です

陽が落ちると
オーケストラはシンフォニー
月の光に　月光の曲
宵の明星が輝くと　組曲惑星
雨が降ると　雨だれ前奏曲なんて

と

とおい日の
小学校の　秋の学芸会

お題目は「ふるぐつホテル」
一泊二食付きのいまも思い出
かっての
遠い日をしみじみ奏でる組曲「人生」
なんて

裸足の少年が　ひとり
捨てられた　ホテル
を　探して　いまも
草はらで　立っています

真っ赤な腹

ぼうず
わしの腹が真っ赤でビックリしたのか
わしは　ミミズが大好物なんだ

釣り糸にかかった　赤腹が
のたまった

この池では　な

鮒雄《ふなお》とどじょっ子とげんご郎と
仲良く暮らしてるのサ
ときたま
あめん坊とみずすま氏が
挨拶にくるんだ

ぼうずは
鮒雄に会いたかったのか？
あいつは　いま　昼寝してるぞ
でも　食べられるのが　いやだから
いつも
わしが身代わりに　なるんだナ

痛いから　はやく針をはずしてくれ
では　またな

火のように真っ赤な腹のイモリ
池の竜宮城から　頑張れ！　と
熱いエールか

少年は
赤いミミズ採りを　やめた
明日は
人生の何が釣れるか　と

手のひらに雲が乗った

春の日
手のひらに　雲が乗った
ふっと　吹いて
跳び乗った

赤いリボンの子
私だけにみえる
ノンちゃんだ！

いっしょにブランコ
はるか下の方の池が
フワーッと
近づいたり　遠ざかったり

お兄ちゃんが
腹ぺこの青虫をくれたよ
キャベツの葉っぱ
むしゃむしゃ　食べたら
直ぐにサナギになり羽化した
ふっと　吹いたら
飛んでいったよ

ウルマンおじいさんが*
杖を一振りすると
ちいさな虹がかかったよ
で　滑って降りると
ああ　手のひらに陽炎が立った
が　直ぐに　消えた

たまゆらの　いのち
の　こころは
みえないあしたへと私を咲かせていた
みえない青春が　熟していたのだ

が

気がつかなかった

＊サミュエル・ウルマン「青春とは人生のある時期を指すのではなく心の持ち方を言うのだ」

隈取線輪

くまとりせんりん*
熊と鳥とせんべいとリンゴ
って
動物と食べ物
って
すきなもの

歌舞伎役者の兄さんの

くまとり
って
顔の影
って
こわいもの

びんびん　電気が走って
モーターをまわして
すずしい風を　つくるって

せんりん　りんりん
風鈴のように

目立ちたがり屋
なのに
隅っこに　いる
へそ曲がり角　一丁目

むかし
模型のモーターの
エナメル線にまみれた
少年は　まだ

一輪で鉄をぶん回す
小さいお化けが

人生の隈を照らすことに
気がつかない

＊隈取線輪＝小型交流誘導モーターの
磁極の隅におく一輪の太いコイル。
隈取りは歌舞伎役者の顔に影をつくる化粧。

II

朝

朝はどこから来るかしら
光の国から来るかしら

明けない夜はない
君なき夜にも　朝は忍び寄る
明けの明星に　導かれ

朝はふたたび　ここにあり*

野に出でよ
稲の穂は　黄にみのりたり

「朝」をホールで歌った
年配の女性が　涙ながらに
「思い出の歌です。感動しました」

東の野に陽炎が立つと
日の始まり
人生の新しいページ

手のひらに

透きとおる朝を
のせて
でかけよう　か

揚げ雲雀が　命の栄えを
歌い始めました
ト長調の声で

＊島崎藤村「落梅集」の「朝」より

ランゲルハンス島の昼下がり

インシュリンを満載した船が
島を離れる
見送る　わが身

傾きかけたけだるい日差しが
病室に注ぐ
いま
ランゲルハンス島は昼下がり

目が覚めると
「注射ですよ」
と、ナースの声
「コーヒーは一日二杯までね。砂糖はダメ」

縁側の木漏れ日で
幼い頃のアルバムを広げ
老いた母に
やんちゃ坊主を育てた
苦労話を聞きたい

でも
ホルモンの定期便が途絶えた
いま
売り場は　どこだ
いのちの　回数券は？

ハゼの葉の燃える道で
少年が母を追う
ふたりの影が
ゆらゆら　ゆらゆら　消えていく
夢はすべて　陽炎《かげろう》のなかへ

*ランゲルハンス島は膵臓の中に散在する細胞群の名称で、血糖値を下げるインシュリンというホルモンを分泌する。

ブルーモーメント

あなたは
ブルーモーメント*を知っていますか

深いもやの消えるころ
青く　青く　こころの日が暮れて
オリオン座がふるえている

あのあたり

天と地が青くつながる
刹那

まばたくと　もう　夜のしじま
わたしの青い時代のすぐ向こう
人生のしじまが潜んでいる

いま
さらに深く蒼く　ひんやり　せまる
闇夜に　つながる　かも知れない

ブルーモーメント　心がいたい

まばたくのが　こ　わ　い

通りすがりのナースが残した
ひとかたまりの風　に
一瞬と永遠に揺らいでは　ためらっている
一輪差しの　ブルーローズ

み知らぬ　君の
翳と　まぼろし
わたしは　夢の底でまどろんでいる

＊日没後の闇の前に天と地が青く
染まってつながる短い時間

モカの香り

いつの頃からか
私の心の中に
小さな喫茶店が鎮座した

いらっしゃい
を　耳に
片隅の赤い椅子
指定席

モカの香りが染みこんで
やすらぎを　ひとり占め

サティの音楽に憑かれて
古都　金沢の香林坊の街を
さまよい
心は
ふるさと　千里浜《ちりはま》の
なぎさを　歩む

そして　そして

静かに　ポコポコ
サイホンの
火照りは　いまでも　心に
燃え続け
生まれた熱と　冷めゆく熱の
はざまで
熱平衡が　淋しく
ゆれている

積み木のような
人生
会ったひと　去ったひと

切ない　あの日の
ぬくもりが
赤い椅子のまわりで
いつまでも　ゆらいでいる

てふてふ

てふてふは
空気の隙間に
羽根を刺す

てふてふなる言葉に
てふてふの飛び方が
みえる

将棋の桂馬のように
真っ直ぐには進まない
わたしそっくり
へそ曲がりを跳んで行く

てふてふは
てふてふと飛ぶ

モンシロも
モンキも
アゲハも
みんな

てふてふ　でなければならない
ちょうちょう　ではない

てふてふは
わたしの心の羽根
先にたち
いのちのことだまで
飛んでいく

てふてふの花粉運んで風に乗る

窓

空気のすべて
雨だれのすべて
四畳半に　窓がひとつ

ときおり
もの言いたげな伝書鳩が
やってくる

翅のちぎれた蝶
飛べないわた雲
ため息をのせた葉っぱが
ひらり

青いカーテンの生地に
私の青春を　縫ってくれた
大家のおばさん

とおい
みどり葉　の
けだるい昼下がりを

かさねて
飲み屋の暖簾の色の　懐かしさ
が　ひとえ　ふたえ

心の窓辺に
いまも　架けてある

窓は
みのむし　一本の糸のよう
誰も棲まない　おもいでを　紡いでいる

風の便りが　ひらひら　舞い込んできました

ファインダーの向こうに

写真は
心で撮りなさい
カメラでなくて

ファインダーの向こう
現実は　有ばかり
無の世界は　写らない

心のシャッターを押す
と
空気にただよう
行間が写るのです

暗闇で現像してごらん

無から　浮かび上がってくるのは
なんと
失われていた残像
行間に書かれた魂の叫び
心の琴線までも……

ファインダーの向こうの人生
立っているのは
少年時代の私
セピアフィルター越しに
　久しぶりですね
どう
　元気でしたか？

なんて
時と空間のはざまで
現像される

人生の　まぼろし

カナカナが鳴く

カナカナが鳴く
ひねもす見つめた
病室の窓は
サワグルミの房を透かして
うす茜のいわし雲

百日紅の幹に
抜け殻を残して

おまえは　私に
会いに来たのか？
線香花火の命を惜しんで
カナカナ　と

オハグロトンボが
黒い袈裟をつけ
カナカナ時雨の
庭の苔で体を休めている
おまえは　私を
会わせてくれるのか？
先祖の霊に

鳴き声が
ナンキンハゼの散る葉のように
ひらひら　ひらひら
ひらひら　ひらひら
飛び込んでくる

心の窓を　閉めても
枕元で　鳴く
かぶり振る一輪挿しの上で
カナカナが鳴く
ナースの背中を

追っていく

III

逃げ水が

それは真夏に起こった
七月三〇日の日曜日

灼熱のアスファルトの上に
逃げ水が浮いていた
それをかき乱すかのように
突然
何かが跳ね上がった

ゴムまりのように
白っぽい塊が
体を弓なりに曲げて
一メートルぐらい跳ね上がり
ドサリと落下した

道のはるか向こうへ　車が消えた

塊は
苦しみもがいて
渾身の力を振り絞った

が
次第に跳ねるのが低くなって
ついに　動かなくなった…
渾身の力が彷徨っていた

断末魔は　すさまじい
壮絶だ
それは　魂の最後の叫び
私の心に　響いた

猫の命が　一つ消えて
新しい逃げ水が

浮いていた

蓑虫人生

秋の野に
蓑虫の声を聞きに行く
ちちよ　ちちよ
と　泣いている
鬼の捨て子の　絶滅危惧種
庵を結んで　春を待つ

私は　そっと心の庵に潜り込む

意外に暖かいぞ！
一緒に歌おう
わしはこの世の枯れススキ
同期のススキと洒落ようか

なんて

小春日和の日は
糸を伝って
太鼓の　トントン
能登むぎや節を　歌おうか

風の日は
糸を伸ばして
風に吹かれよう
ゆりかごの歌で　楽ちん

雨の日は
糸を伝わる雫を聞くのだ
つる　つる　つる

蓑虫は糸一本が全宇宙

私の人生
糸は何本か
それぞれの糸に色がある
進水式のあと
大海原を　漂っている

猫人生

いくら魚が好きでも
骨だけとは　ひどい！
屋根を跳ぶのは　命がけ

炬燵でうたた寝
日だまりのテリトリーで
レム睡眠
これ　やめられない

ドヴォルザークの新世界を
時空を越え　闊歩する
岩合カメラマンのファインダー
いま
悠々と　横切ったぞ

で
フジ子ヘミングを聴くと
鞠のように丸くなる　なんて
そうか　オレ様　液体だったんだな

我が輩は　猫である
なんて
家政婦のように　親しく
人間の性《さが》を知ったときから
もう　離れられない縁《えにし》

オレと鞠のような人生を
楽しもうか
たまには手を貸してやるからな

*岩合光昭はテレビの「世界ネコ歩き」で知られる動物写真家。

フジ子ヘミングは猫を愛するピアニスト。

*「猫は液体である」=イグノーベル賞を受賞。

猫は金魚鉢の中で鞠のように丸くなる。

人生

赤ん坊の泣く声は
受けたいのちを　寿ぐ
ふきのとう　雪を溶かして

思春期　反抗期
良いではないか
うらやむのは　よそう
誰しもが　はしかのように

そして　いまの私たち

ペンペン草とカマキリを
友として
雑草のように　たくましく
天地をさまよおう　か

蓑虫　イモリ　猫
それぞれの人生

ヒト科の私

いのちは要るのかな
いのち　買いませんか　なんて
ひとつ　百円です
コーヒーかんと　同じです

脱皮ごとに
新しい　いのち
そのたび
生き方の格言を　生む

みんな哲人になり
赤ん坊のように　泣いている

母の手

井戸端に咲いた
立葵の炎も
牡丹の紫雲も
シャボン玉に乗って

ものごころの彼方

せんたく板をこすっているのは

だれ?
たすきがけのきもの姿で
赤い花ならまんじゅしゃげ
の　鼻うた

いつしか
井戸も干上がって
流転の　リボンが
するする
豆の木のように伸びて
ひかりたちと　たわむれる

遠い山で北風となり
こっそり　降りて
竹の雪を
さらさら　さらさら
落とす
蒼いもやのなか

そっと
わたしの肩に　触れたのは
つかのまの　ぼたん雪か
　それとも
母の手か

石けんの匂いのする鼻うたが
いまも　あたたかい

ふたりの影

道ばたの小岩のヒビの魂
ペンペン草の虫の嘆き
雲の裏側の内緒事
虹の根もとの埋もれた色

青い歳のこころをつかむ

草はらの

ふたりの影は
伸びても　のびても
ふたり

ひとりは
銀色のむかしを
ひとりは
赤い薔薇を夢にみる

夕暮れの鐘　そっと　濁音
連雀　長く波打って　閑寂

父子の影が　消えてゆく
群青の空の下
「夕焼け雲の　草はらで」
むかし　ラジオが歌っていた

以来　ずっと
息子は
天と地のなぞを
かがやきの心で
追っかけている

心のアルバム

草はらに仰向けに寝転ぶと
風が吹くたび
カヤツリグサのてっぺんにとまった
カマキリの三角頭が
フワッと目の前にせまり
スーッと遠ざかる

風が止むと

頭《こうべ》を垂れた猫じゃらしたちが
ないしょ話をしてくれた
ミミズがわしらの足をくすぐるので
わしらはネコたちのヒゲをくすぐるのサ

夕焼け雲の草はらで
ぺんぺん草の伴奏に
コオロギたちが鳴き出した

一番星
遠くで母さんが呼んでいる
こっそり歩き始めると

あまたのヌスビトハギ　が
おいて行くなと　くっついてきた

いまはマンションの群れが
アワダチソウの海に浮かんで
夕焼け雲のみが　むかしと同じ
友達だった草や虫たちはいずこへ
ないしょ話も　草の波も
想いの底に　沈んだまま

見知らぬ人が
そっと

アルバムを閉じている

あとがき

リタイアが近い頃、大阪文学学校に入学した。その頃は東京在住だったので通信教育部。目的は自叙伝を書くこと。エッセイ・ノンフィクションのクラスに編入され、最初に「自叙伝書いても家族しか読んでくれないぞ」と告げられて、もろくも初志崩壊。

ノンフィクションでは事実を正確に記述し、評論を添える。肝心なのは自分の立ち位置。論文を書く職業がら合っていた。

そのクラスを終えて他の分野に移るとき、なるべく短い文で済む詩を選んだのが一生の不覚かつ幸運。詩人の川上明日夫を手こずらせながら駄作を重ねていた。設計図のようなノンフィクションと穴のような詩は互いに対極に位置するようだ。詩とは行間に込められた作者の息遣いを感じさせる心霊写真のようなもの。そこにはモカの香りまで写るのだ。

カメラを趣味とする私は主役の被写体とそれを浮き上がらせる背景に神経を集中する。「被写体よりも先に背景を探せ」というぐらい背景が大切なのは詩の行間に通じるものがある。

ある日、川上先生は私に詩集をつくることを勧めて下さった。何度も推敲を繰り返す三途の川原も人生。国語の教科書の片隅に鉄腕アトムを描いていた私に詩の極意を授けて下さった先生は「心の師」でもある。

気分的にはまだ人生という広い海の一里塚にいる。

今井清博（いまい きよひろ）
1943年石川県金沢市に生まれる。
大学学部で電気工学を、大学院で生命科学を修め、
医学部、生命科学部などで46年間、教育と研究に従事。
大阪文学学校の通信教育部にてノンフィクションと詩を学ぶ。
現住所：〒564-0072　大阪府吹田市出口町35-1-401
E-mail：kiyoiman777@zeus.eonet.ne.jp

モカの香り

二〇二四年一月二二日発行

著　者　今井清博
イラスト　今井恭子
発行者　松村信人
発行所　澪　標
大阪市中央区内平野町二 - 三 - 十一 - 二〇二
TEL　〇六 - 六九四四 - 〇八六九
FAX　〇六 - 六九四四 - 〇六〇〇
振替　〇〇九七〇 - 三 - 七二五〇六
印刷製本　株式会社ジオン
装幀・DTP　山響堂 pro.